종의 선택

예술가시선 14

종의 선택

초판 1쇄 발행 2018년 4월 5일

저 자   양해연
발행인   한영예
펴낸곳   예술가

주 소   서울특별시 송파구 문정로13길 15-17, 201호
등 록   제2014-000085호
전 화   010-3268-3327
전자우편   kuenstler1@naver.com

ⓒ 양해연, 2018
ISBN 979-11-87081-08-1 03810

이 도서의 국립중앙도서관 출판예정도서목록(CIP)은 서지정보유통지원시스템 홈페이지
(http://seoji.nl.go.kr)와 국가자료공동목록시스템(http://www.nl.go.kr/kolisnet)에서 이용하실
수 있습니다. (CIP제어번호 : CIP2018096619)

종의 선택

양해연 시집

2018

시인의 말

몹시도 추운 계절을 잘도 건너 왔습니다.
세상 어디에도 남아있지 않을 것만 같던 봄이
천천히 다가오고 있음을 느낍니다.
지난 겨울을 꿋꿋이 이겨내고
봄을 준비하는 대지와 그 품에 안긴 생명들,
밀어닥친 한파에 피할 겨를 없이
내상을 입은 나무와 꽃들 모두에게
오늘 밤 내리는 봄비가
아늑히 스며들기를 바라봅니다.
그리고
내 나무들의 안녕을 빌며…

2018년 3월, 이른 봄날
양해연

종의 선택

차례

시인의 말

제1부

제2부

제3부

제4부

제1부

산형화서

허공에 점 하나
알리바이가 살아 움직이는 거미줄
방사형 햇살의 촘촘한 살 사이사이로 낡이고
밥알이 말라붙어 있다 비행기표가 나풀거리고
커피잔이 귀고리처럼 달랑거리고
책속의 활자들이 반짝 튕겨나가고 어젯밤 꿈이 매달려 있다
맥주가 쉬지 않고 쏟아져 내린다
도로를 따라 낯선 사람들이 흘러가듯 뒤섞인다
가끔씩 정지시켜 확대 해석한다
모두가 용의선상에 있는

허공은 점 하나다
산형화서로 피어나는 에둘러가는 생이다
그 점에 닿으려 몸부림치는 꽃송이다

0과 1 사이

목성의 띠가 3분의 1쯤 불시착했다
한낮,
검은 포도 위 황급한 멈춤의 흔적
지루한 중력 궤도를 잠시 이탈했던 거다

0과 1 사이
무수한 점, 점들
정적 속의 정적을 깬 찰나의 찰나
운명의 순간은 떨림으로부터 왔다
미세한 하나가 미세한 하나를 만나 덜 미세한 하나가 되고
덜 미세한 하나가 덜 미세한 하나를 만나 작은 하나가 되고
작은 하나가 작은 하나를 만나 덜 작은 하나가 되고
덜 작은 하나가 덜 작은 하나를 만나 큰 하나가 되고
큰 하나가 큰 하나를 만나 더 큰 하나가 되고
더 큰 하나 너머로 끝없이 팽창하는 0과 1 사이
돌고 도는 시지프스의 굽은 등

아레나에 우뚝 선 검투사

14

포효하는 군중이 원하는 건, 심장을 뛰게 할 향기로운 피 냄새
통제 불능 속 관성의 원형극장

멈출 듯 멈출 듯 멈추지 않는
궤도 따라가는 안단테 멜로디
0과 1 사이 떠도는 집시들의 노래다

化 ; 되다

공룡의 대퇴부로 저녁을 차렸다

공룡의 위액이 덜 스민 소철나무 잎사귀가 입 안 점막을 찌르
자 고사리 점액질이 재빨리 상처를 핥는다

며칠 전엔 운석을 캐 감자크로켓을 만들었는데 맛이 좋았다

식사를 마친 후, 공룡의 날숨을 먹고 자란 사과를 한 입 베어 문
순간 슬며시 사과나무가 되고 싶어져 웃음이 났다

어쩌면, 무채색 눈동자로 사계절을 보내고 있는 네가 되고 싶었
는지 모른다

언젠가 넌, 비대해진 뇌로 불행을 잊으려 몸부림 친 사람들이
밤새워 써내려간, 광막한 시간에 관한 그럴듯한 가설에 설득당
한 채로 믿어달라고, 믿어달라고

난 그저 고개를 끄덕였다

그날의 넌 빛이거나 소리, 소철나무 잎사귀나 사과 한 알, 구름
또는 바람, 햇빛 속을 유영하는 신기루 같았고

한순간 네 모든 것이 내 속눈썹 한 올로 스며드는 걸 본다

원소주기율표 여섯 번째에 있는 C는 네 동그란 뒤통수를 닮았다

무엇으로도 정의할 수 없으나 무엇으로도 정의할 수 있는, 입을
크게 벌리고 우는 것들은 모두 C와 탄생의 비밀을 공유하고 있다

공룡의 대퇴부를 뜯어 먹다 소철나무 잎사귀에 입 안 점막을
찔리며 풍화되고 풍화되어

언젠가 난 네가 될 테니

달의 유희

목련꽃 한 덩이씩 말간 얼굴로 눕는다
완강하게 버티던 생의 귀퉁이 발라낸 듯
종말은 시작처럼 불안정하겠지
바람을 등지고 착지하는 것들, 흔들리는 무게중심처럼

달은 원래 자전거를 타고 건너는 설정이었다

초승달과 반달과 보름달에 이르는 어느 지점에서도, 각각의 좌표가 제시하는 가능성을 확보해야 한다
전체적으론 긍정도 부정도 아닌 탐색
초승달과 보름달과 중간지점 모양새들이 어느 정도 겹치게도 어긋나게도 보였는데, 일정한 주기로 반복되는 현상이라서 이상할 건 없었다
달 때문인지 달 주변의 흔들림 때문인지 종종 드러나는 희부연 실루엣
달을 의식하는 날보다 의식하지 않는 날이 많다는 건 다행한 일이다
달은 아주 사라져버리기도 하니까

목련꽃 이파리 지는 봄밤의 달도 그러했는데
처음에 달은 자전거를 타고 건너는 설정이었다

달의 오디세이

낯선 이정표 아래 오지 않는 버스를 기다려본 사람은 알고 있지
떠나온 거리와 돌아갈 거리가 같지 않다는 것을

절묘하다는 건 다행이라는 거다
지구 한 모퉁이 박쥐처럼 매달린 실존들, 우주로 빨려들지 않는
다는 거
오랜 불임의 행성들 알지 못하는
밤 새워 차오르고 밀려나는 자궁 속 실핏줄 팔딱이며 생명 떠
나고 죽는 이유가
달의 젖은 밤 때문이라는 걸
목성이 끝내 결핍이라 고백한 한 가지, 그게 달일 거야

반환점에 다가서는 태양의 행로로 전부를 낙관할 수 있을까
위기와 기회는 동전의 양면이지
모든 경우의 수만큼 확률을 낮추거나 혹은 높이거나
달의 심장부에 꽂힌 빛의 메아리, 조금씩 늦어지는 귀환은 뭘까
가득 차오르던 얼굴이 손가락 마디만큼 멀어지고 있다는 거
원심력과 구심력의 차이만큼 딱 그 만큼의 거리에서 애증은 자

라지

달이 지구로부터 멀어지는 속도는 얼마
생이 우주로 달아나는 속도는 얼마

메타세콰이어의 두 번째 노래

흐느적대는 목덜미를 핥던 공룡의 혓바닥을 기억해
지느러미로 퇴화된 고래의 털북숭이 네 발을 기억해

한때, 혼돈의 사생아였던 질서와 두려움을 모르는 무질서들
당겨서도 밀쳐서도 안 될 회전축에 약정된 거리에서
아직도 별의 행로를 벗어나지 못했다면
절묘하거나, 기구하거나

내디딜 곳 없을 때
돌아갈 길이 지워졌을 때
최후의 생존자는 진술해야 해

팽이의 자전축이 기울면 곧, 지루한 여름이나 우울한 겨울로 이
어질 전조
게임은 다시 시작되지

100마리 황소로 댓가를 치른 피타고라스의 수식과
발성법을 배우지 못한 이스터섬의 석상들

질량을 잃어버린 별처럼 홀로그램을 떠다녀야 해

아무도 돌아오지 않는 밤, 꽃들의 목덜미에 시간은 멈춰설 테니

슈뢰딩어의 고양이는 죽었을까, 살았을까

중학교 2학년 어느 날 이후
머릿속에 떠오른 의문의 빛을 좇아 어두운 동굴 속을 헤매었지
책을 읽거나 길을 걷거나
먼 도시로 이어진 큰길을 우두커니 바라보며
생각에 잠길 때도 마음이 매이곤 했다
친구들과 둘러앉아 도시락을 먹을 때
누군가 먹어 그의 몸 일부가 될 수 있는 음식이
내 몸의 일부가 되는 것
필연의 암호를 해독하지 못해
그 시절 머릿속엔 자주 실타래가 엉키곤 했다

하지를 살짝 지난 오후
풀죽은 태양빛 가로수 사이로 쏟아지는 공원길
다정하거나 담담하게 또는 무표정한 얼굴로
하필이면 이 시각 공원길에서 스치는 사람들
이름을 알 수 없는 꽃들 울울히 피어 있는 풀섶
줄무늬 고양이 튀어나와 빠른 걸음으로 간다

어젯밤 산책길에서 만난 세 마리 새끼고양이 어미와는 어떤 사이일까

고양이들은 제각각 불특정한 시각, 어딘가로 향하고

같은 시각 공원을 배회하는 사람들과 마주치게 될 뿐

조금 전 만난 줄무늬 고양이는 슈뢰딩어의 고양이와 아는 사이일까?

어쩌면 지금 우주 밖 어딘가 나를 지켜보는 눈 있을지도 몰라

연금술에 관한 고찰

뱀의 혓바닥이 아니었다면 무슨 재미로 살았을까

태초의 존귀한 말씀과
보리수 아래 자비로운 깨달음과
성인군자 지당한 가르침도
뱀의 혓바닥에서 기인했음이다

그들은 말했다
어려운 길이 나쁜 길은 아냐
쉬운 길이 꼭 좋은 길은 아닌 것처럼

사람들은 말했다
그런 건 너무 고리타분해서 숭배할 수 없다고
죽음을 유예시키고 주문을 외는 대로 손아귀에 쥘 수 있는
철학자의 돌philosopher's stone을 찾고야 말겠다고

  그까짓 영혼 따위 법과 도덕 따위 이글대는 불구덩이로 던져버
리면

검은 빛의 결정체 연금술은 부활한다
꽃처럼 부활한다

존귀한 말씀과 자비로운 깨달음과 지당한 가르침이 넘보지 못한
절대적 추종자들을 거느린 메시아
新興 연금술

자신의 標識

깊은 밤 외마디소리
불면의 잠을 깨우는

사막의 푸른 별을 좇다 잠든 루시의 어린 꿈속에
동굴 속 같은 맹수의 아가리, 낭떠러지로 추락하는 외마디 소리
야윈 잠을 흔든다

무한의 기다림이었나
별들이 몸을 씻는 긴 강물 건너
 벌거숭이로 안기던 첫 울음처럼 생생하고 고통스러운

-나는 누구예요? 남자예요, 여자예요
-손을 내밀어도 괜찮아요?
-어떤 사람이 될까요?

-너는 너란다
-괜찮아, 손을 잡으렴
-흐르는 물 같은 사람이 되었으면

눈맞춤 끄덕이며 대답해 주지만
네 눈은 여전히 사막의 푸른 별을 찾아 헤매고

화석을 빠져 나온 루시의 유전자
느린 꿈속에 태어나는 밤
자신의 표지를 찾아 직립하는 루시들
밤마다 꿈속에 태어나는 밀림의 아이들

깊은 밤 외마디 소리
불면의 잠을 깨우는

시니피앙과 시니피에

서쪽으로 난 창문의 열린 틈으로 영사기 빛처럼 직선으로 쏟아
지는 태양빛
무희의 옷자락 같은 햇빛줄기 속 부유하는 먼지들
잠의 끝자락을 빠져나온 의식에 걸리는 건 팽팽한 공기의 소음
이다
벽과 천장의 무늬들,
추상의 도형과 형상으로 변형되어 흐릿한 시야에서 일렁인다
친근하게 떠오르는 이름과 친근하지 않은 이름의 첫 글자들
소리 내어 반복할수록 글자는 대상과 분리되어 해체되기 시작
한다
처음부터 그들 사이 아무런 상관 없는 것처럼 자음과 모음으로
분리된다

명도의 기대치에 육박하는 것으로 채도의 순수성이 응답하는
방식
관객의 몰입을 담보하는 것으로 마리오네트 인형극이 성공하
는 방식

자동번역시스템을 내장한 하드웨어들, 공허한 립싱크에 멈춰
버리는 방식

---

* 언어학자 소쉬르(1857~1913)는 기호 속의 발음을 시니피앙, 발음에 의해 생기는 관념
  적 내용을 시니피에라 하였다.

種의 선택1

말을 타고 팜파스를 달리며 다윈은 생각했다
'팜파스에 왜 야생토끼가 없는 걸까'

'개'복숭아, '개'살구, '개'똥참외…
조롱하듯 부르지만 은근히 주눅 드는 야생성
탐스러운 무성생식의 던져진 DNA
뜨겁게 달아오르며 싹 틔우는 원형으로의 회귀
단 한 번의 시도로 바꿀 수 없는 오래된 고리
'살아남는 것이 우월한 것'이라는데
내 안에도 필시 '개' DNA 있으리라

내 안엔,
알지 못하는 내가 셀 수 없이 많아서
어떤 나를 '나'로 부를지 몰라
동물로 기원하여, 둥글게 휘는 척추에 기대인 채
 젖가슴에 새끼를 품어 기르다, 영묘한 힘을 가진 우두머리 된
사람이라는 種子
 공격본능과 공포심으로부터 진화해오는 동안

낯선 '너'를 향해 검은 무의식 발산하는 열등감 덩어리

다윈이 갈라파고스를 다녀간 뒤
개복숭아나무와 나는 진화를 그만두었다

種의 선택2

시작은 한 점 살덩이였겠지
있는 것도 아니고 없는 것도 아니고
스스로 사랑하고 스스로 증식하며 스스로 위대해지는 거
전부를 거는 것보다 무서운 건 없어
번식 말야

잘 짜인 시나리오 허점을 파고드는 애드립은 현재진행형이지
돌연변이처럼
3억 6천만 년 전 어느 한 날, 슬며시 종을 이탈해 여기까지 왔지
  남의 살에 입을 박고 체액을 빨아먹는, 품위라곤 찾아볼 수 없
는 구차한 생이라 비웃는다면,
  그건 모르는 말씀인 거다
  뼈대도 없이 비늘도 없이, 흡입력 좋은 빨판 모양 입 하나 달랑
가지고 원통형 몸뚱이 등과 꼬리 알량한 지느러미뿐인 취향이라
면,
  당연한 거다
  턱뼈에 척추에 팔다리까지, 거추장스레 진화한 무리들 기원을
밝히려 기웃대는 걸 보면,

고수임이 분명한 거다
칠성장어란 놈
나선형 사슬 암호풀이 능통한 다윈의 후손들 뜨거운 논쟁 속
관심 갖는 걸 보니

진리는 불변인 거지
빠는 거 말야
46억 년 지구 연대기 머리 좋다는 영장류들은 하나같이 빨면서
살아가잖아
젖과 꿀을 빨고
짜디짠 눈물을 빨고
오지 않은 내일의 희망을 빨면서 말야
칠성장어 입으로부터 도망치지 못한,

種의 선택3

　수도원 텃밭에서 완두콩 교배에 몰두하며 수컷으로 핀 꽃이 암컷으로 전환하는 걸 보았을까

　길거나 짧거나
　붉거나 희거나
　둥글거나 주름지거나
　혹은
　부풀거나 쭈글쭈글하거나
　위에 달리거나 조금 아래 달리거나

　만 2천 개가 넘는 잡종들로 분류했다

　산딸기 몸에 저장된 원시의 단서
　암수 한 몸에서 암수 딴 몸으로 진화해가며, 그 중 일부 완전체를 중성이라 불렀다

　'앤트러사이트Anthracite' 카페 칸막이 없이 나란히 놓인 두 개의 양변기

멘델의 빅데이터로 풀지 못하는 이유 있을까

매트릭스

하나이면서 전부인 꼭짓점
휘어진 척추마다 무한개의 명제를 증명하고 있다
종착점에 이르는 길은 있음과 없음 두 갈래다

위아래는 수시로 자리를 바꾼다
왼쪽과 오른쪽은 엇비슷한 간격으로 거리를 유지한다
중심점을 관통하는 선은 출발점이 어디라도 옳다

분할과 복제를 거듭하는 모체

시작과 끝은 같은 속성이다
비순응이 경계하는 자기모순의 유혹
본질은 또 다른 본질과 맞선다

그늘을 드리우고 떠도는 꼭짓점들
달의 이면 하나쯤 비밀로 남긴 채
춤추던 헤베꽃 그림자 떨구고 크레타 섬의 연인이 늙어가고 있
었다

제2부

파리지옥

예외 없이 꼬리표를 흔드는 까닭에 범례는 무의미하다

혼돈은 두 개의 축이 평정했다
시간과 공간을 건너는 세로축과 영혼과 육체를 잇는 가로축
균형을 잡는 기준점의 관건은 먹고 먹히는 생존본능이다

입이 아닌 몸짓으로 말해야 할 때 그건 울음의 형상을 닮는다

붉은 덫을 벌린 동물성 육체에 희디흰 식물성 넋
이질적 체액을 오롯이 삼켜 넋을 살찌우고 시커멓게 죽어가는
덫에게 건네는 마지막 예의라야 단호한 격리

황폐해질수록 위태로울수록 물빛 꽃송이를 자꾸만 토해내는

* 식충식물로 파리, 나비, 거미 등의 곤충을 산 채로 먹는다

모르포나비

자연계의 개체가 파랑색을 취하는 경우는 흔치 않다
자칫 무욕의 선언처럼 보일 수 있으니
그건 어떤 의미일까

너를 처음 본 건 시시각각 구토가 치미는 열대 정글이었다
　하늘을 향해 뻗쳐 오른 원시림 사이사이, 수직으로 내리꽂히는
태양 광선이 팔랑이는 날개 비늘에 반사되어 부서지고 있었다
　각도가 바뀔 때마다 음영을 달리하며 산란하는 생의 몸짓
　푸른,
　가벼운,
　자유로운 그것

예리한 반사각의 푸른 날개가 실상은 텅 빈 구조색이라는 걸
네가 고백하지 않은 사실을 누군가에게 들어 알았을 때, 넌
그대로,
변함없이,
눈물겨웠다

* 열대우림에 분포 나노구조로 된 날개는 빛의 산란현상에 의한 색을 띤다..

존재의 숲

잡목들 사이, 가빠지기 시작한 호흡의 낌새 엿본다
산벚꽃나무 아무렇게 꽃잎 터트린 자리 마음을 부려놓고
조팝나무 꽃무더기 앞에서 하얗게 웃다

로마의 낡은 호텔방을 투덜거리고
하와이에서 걸려온 감기를 이주일째 달고 있다는 얘기며
온종일 어깨에서 내려오지 않는 앵무새 식성을 들어주는 시간
差
의미 없는 추임새로도 간격은 좁혀든다

여름이 오기까지 숲은 한동안 허둥대겠지
멀리선 모두 같은 호흡인 듯 보여도 각기 다른 리듬으로 숨 쉬
고 있어
같은 시간을 불러들여 다른 무늬를 새기고 있는 거다

나풀거리며 앞서 가는 호랑나비 두어 발짝 앞 살포시 앉는다
생각한다
나비가 건너온 필연의 멜로디

한바탕 비 지난 숲, 햇빛 쏟아진다

히말라야엔 암모나이트가 산다

새벽 3시엔 깨어 있다

문틈으로 들어오는 푸르스름한 불빛을 외면하지 못해 기어이 안정제 반 알을 삼키고 시계를 보면 매번 그 시각이다 기척을 느꼈는지 방문 밖 고양이가 산책을 가자며 졸라 댄다 마지못해 따라 나서지만 어느새 고양이에겐 유일한 외출시간이 되어버려 그만둘 수도 없게 되었다

산책을 하다 가끔 멈춰 서서 어둠속을 한참이나 응시하곤 하는데, 그때마다 어둠 깊숙이 몸을 숨기고 있던 한낮의 밀약들이 사색이 되어 튀어나오곤 했다 고양이는 아무 일 없었다는 듯 앞서 간다

고양이와의 밤 산책은 즐거움과 괴로움이었다 두 가지 감정은 상반되면서 공존하는 것이었는데 시소놀이처럼 불균형한 균형을 이뤘다

궁리 끝에 닭을 한 마리 데려오기로 했다 닭이 오리라는 걸 귀띔하며, 이후론 밤 산책에 닭과 동행하길 바라는 제안에 고양이는 어렵게 동의했다

닭을 데려오기로 한 데엔 이유가 있었다 오래전 영장류에게도 있었으나 퇴화된, 빛과 열에 반응하는 감각기관을 닭은 아직도 뇌에 가지고 있다는 정보 때문이었다 고양이와의 산책을 닭에게 맡기고 밤잠을 청해 보려는 속내였다

닭은 계절에 따라 약간의 차이를 보였으나 대체로 일정한 시각에 첫 울음을 울고, 고양이는 더 이상 내게 밤 산책을 조르지 않는다

닭과 고양이가 나란히 산책 나서는 걸 보지 못했지만 묻지 않았다 방문 틈으로 새어 들어오던 불빛이 어느 날부턴가 보이지 않는다

새벽 3시엔 깨어 있지 않다

기억의 저편

생의 서사가 죽음의 서사로 이어지는 동안
육체는 굴절된 시간이 반사하는 기억의 연결통로가 된다
오래된 생채기 무뎌진 시간들이 거친 질감의 표면에 부딪쳐
번번이 예상을 비껴가는 기억의 난반사

생의 뒷골목 같은 자정의 전동차
빵을 씹어 뱉기를 쉼 없이 반복하는 여자를 바라보다
왈칵, 솟구친 토사물
본능이 생존과 뒤섞여 널브러진 처참한 배설의 敵意
당신의 시간이 내 시간보다 처참하였다 抗辯할 수 없음을

의식의 사각지대에 숨은 무의식의 진정함을 믿는다
죽음의 진실이 생의 위선을 용서하리라 믿는다

두고 온 아프리카

내 늑골에 뿌리박은 바오밥나무 세렝게티 초원에서 눈부시게
말라가는 중이지
내 기도의 마지막 호흡으로 비를 내리고 싶어

가장 오랜 죽음일지 몰라
가장 더딘 죽음일거야
모든 것 간직한 채로 죽어가고 있지
모든 것 잃어진 채로 죽고 말면 그뿐

다급하게 두들겨대는 타악기의 비명소릴 듣는 중이지

늑골 깊숙이 숨겨둔 통증 찌르듯 파고드는 섬광을 보고 있어
좌표가 지워진 길을 따라 적도를 헤매던 날이 지나가
내 육신은 희망봉을 건너는 중이지

두고 온 나의 아프리카

千一夜話 一생을 위한 변주곡

불같은 복수도 차가운 배반의 下手일 뿐
길들여지지 않는 사막의 모래바람 붉은 휘장을 찢어
흐르던 웃음기 거두지 못하게, 의도했다면 마지막 관용
변명 없이 사라질 테니 고통은 남은 자의 몫으로
어지러이 널리는 꽃향기 폐부를 찌르는

생의 나날은 퇴로가 막힌 미로에서 꿈꾸는 음모
은밀한 거래로 출구를 찾는다
무뎌진 후각 가뿐히 따돌리는 환각
방심한 CCTV 한눈을 팔고
잘생긴 경주마 도로를 질주한다
오후가 잠시 직무유기 한데도 달라질 건 없다
라일락, 세상 숱한 사랑처럼 피어날 거고
한여름 소낙비 예고 없이 퍼부을 테니
어느 날 날아드는 訃音마저도

중세기 같은 시간 흐르고
칼끝이 노리는 은밀한 오후

생의 마지막 날까지 멈추지 말아주오, 세헤라자데
다가오는 발소리

떠돌이 양치기

'칼디'는 양떼를 몰고 초원을 떠돌았어요
파스텔톤 바람에 물들며 구름을 따라 흘렀죠
어느 날, 낮잠에서 깬 칼디는 깜짝 놀랐어요
양들이 흥분해서 이리저리 날뛰고 있는 거에요
저기, 빨간 열매를 가득 매단 나무 아래 양들이 몰려 있었어요
다가가 열매를 따 먹어 보았죠
곧, 머리가 맑아지더니 기분까지 좋아져
칼디는 양들과 함께 뒹굴며 춤을 추었어요

초원의 양치기였던 적이 있나요
　계절 따라 풀이 돋는 목초지와 샘물의 위치를 알고 있었겠죠
　가까운 별들이 멀어져 갈 때, 큰 강을 건너 저편으로 가야한다
는 것도
　가시덤불에 갇혀 울부짖는 어린양을 구해주는 너그러움과
　늑대의 공격을 막아내는 용기는 누구로부터 배웠나요

　언젠가 꼭, 떠돌이 양치기가 될 거에요
　양들이 지쳐 깊이 잠든 밤 북극성이 들려주는

두렵고 설레는 먼 길의 이야기는 꿈으로 이어가고

은하수 건너는 백조와 전갈의 무리를 좇아 계절을 따라갈 수도 있겠죠

행운이 있다면, 세상을 떠도는 현자에게서

크고 작은 도시들의 오해와 용서를, 꽃이 피는 날의 고통과 환희를

나직한 목소리로 전해들을 거예요

* 커피를 처음 발견했다고 전해지는 에티오피아의 목동.

존재는 말을 거네

종려나무 얼굴이 날마다 야위어 갔어
검은 외등과 잠 사이 낯설어 보이는 각도에서
횡격막이 버틸 수 있는 깊이를 가늠하기 시작했지
지상의 날들은 불안정했으므로
달팽이는 번번이 오지 않거나 와야 할 시간을 넘겨 문밖에 당
도했지

천천히 움직이던 계기판이 떨리기 시작한 지점으로부터
거대한 먹구름은 몰려들었어
긴 긴 터널이었지
주사위놀이를 하지 않는 신의 계산된 한 수에서
멈춤이나 돌아봄은 규칙 위반인거야

머리 위를 지나 등 뒤로 사라지며 백미러 속으로 들어온 허공은
필터를 통과한 바람처럼 투명해지고 있었어
온몸을 관통하고 흐른 시간들
발목이 잘릴 듯 당겨지는 보이지 않는 실의 향방을 거스르며
어떻게든 발걸음을 떼어놓아야 했지

바람이 길을 낸 종려나무 얼굴

감당할 수 없는 날의 불행 따위 아무렇지 않게 저물고 있지

묵호항에서

묵호
달팽이처럼 비틀린 계단을 느리게 올라
그대를 바라봅니다
속눈썹에 매달린 물기같이 반짝이며
그대 가슴을 파고드는 햇살이 눈부십니다
더는 전하지 못한 것들을 수평선 너머로 숨긴 채
아무렇지 않은 얼굴로 허공을 응시하는 그대
먹빛 시간을 기억 너머에 매달고 무심히 출렁이고 있는 그대
응어리진 심연에서 온몸을 잡아당기는 추를 생각합니다
차가운 쇳덩이였다가 뜨거운 불덩이였다가
그대를 그대이게 하는 거부할 수 없는 이끌림이겠지요
끝까지 간대도 영영 닿을 수 없으리란 예감
막막한 그 지점이 흐르면서 출렁여도 넘치지 않는 이유입니다

그대, 천만갈래 부서지며 몸부림치던 날들
구름 한 점 흐르지 않는 시간
하늘과 바람 온통 먹빛이라서
허옇게 가슴을 뒤집으며 우는 그대를 안아주지 못한 쓰라림

잔인하게 이어지던 그 여름, 그대 얼굴을 뒤덮던 먹장

묵호
이제 더는 먹빛 얼굴 그대 거기 없고
쇳덩이 추를 매단 아픈 그대도 거기 없습니다

계절의 소묘

하릴없이 노닐던 바람이 미루나무 숲으로 달아난 오후
아버지 우울한 낭만처럼 꽃들은 뭉게뭉게 피어나고
뒤란 잡초 사이 둥근 호박이 어머니 근심처럼 살찌던 시절

비상연락망 영문 모르는 학교운동장
—어떤 종류의 과외도 불법으로 간주, 처벌하니 일체의 과외를
금한다
쿠데타에 성공한 군인처럼 상기된 교장선생님, 어리둥절하게
바라보다 집으로 돌아온 날이 있었을 뿐
학생잡지 펜팔란에 이름을 보내놓고
집배원 자전거 요령소리 귀 기울이던 언니, 읍내 우체국 가는 길
몇 번인가 길동무 해주는 사이
여름방학은 지나갔다

태양의 고도 기울기 시작할 무렵
여름 내 성큼 자란 가로수, 신작로를 따라 걷는 하굣길
성긴 실뿌리처럼 농로와 마을로 이어진 갈림길과 낯선 고사목
들

팽팽하던 직선이 휘어지며 머뭇대는 지점
끝 모르게 이어진 신작로 위에서 말없이 물어오던 갈림길들
그 지점이 길의 생장점인 걸, 그땐 몰랐다

생의 방정식

시간은 머뭇거리며 숨죽인 채 다가오는 기호들
깃털처럼 가벼워 자유롭거나 바위처럼 무거워 짓눌린대도
낱낱이 숨결로 스며들어 생의 물결로 아롱져가고

앞산 까마귀 알 듯 모를 듯 울어대던 유년의 어느 하루
가난한 방안 가득 노오란 햇빛 넘실대고
휘감겨오는 온기에 외롭지도 슬프지도
그 하루를 한 번, 다시 한번만 불러올 수 있다면

그러나 그대,
생을 송두리째 되돌려 준다면 어쩔 텐가
첫사랑 아이의 손목을 덥석 잡으리란 확신이 필요해
가지 못한 길로 두려움 없이 걸어갈 용기가 필요해

과거는,
맞혔거나 틀렸거나 풀어버린 수수께끼
생은 지금,
여섯 개의 공을 잡는 기대와 설렘 안고 미래로 갈 뿐

끝내 정답을 적지 못한 답안지처럼

X의 값을 찾아 헤매이는 것

인생 아닌가

7월

서른 한 마리 낙타가 물구나무를 선 채 야자나무 속으로 사라
졌다

찐득한 열기를 피해 찾아든 카페, 도화선 불꽃같은 웅성거림에
소름이 돋다

죽음의 광기에 포위된 사막도시를 탈출하는 사람들, 앙상한 쇄
골이 내 몰골처럼 떨리는 TV를 보다

늦장마 오락가락하는 사이, 어느 날부턴가 새끼 두 마리 보이지
않는 길고양이네 젖은 밥그릇을 들여다보다

생래적 불안이 어김없이 헝클어진 꿈자리에서 깨어나곤 하다

베란다 앞 큰 나무 어디쯤 몸을 숨긴 매미의 어설픈 첫 울음소
리를 듣다

동음이의어 낯선 간격을 잇대며 희미하게 웃는 얼굴을 추억처

럼 바라보다

어쩌면 이대로 행복할 것도 같아서

표면장력

동글동글하고 매끈매끈하고 윤기마저 흐르는 것들은 하나같이 도도하거나 단단하거나 차갑기 일쑤여서 보호막을 두르고 있을 것 같았는데 근접한 거리에서 보았을 때 그들은 떨고 있었다

파르르한 진동이며 속이 훤히 들여다보이도록 투명하거나 금 방이라도 흘러내릴 듯 가까스로 자신을 지탱하고 있었는데 공기 의 파장이 남긴 상흔을 보았을 때 이유를 알 것 같았다

이 세계의 가장 안쪽을 붙들고 있는 것은 무엇인가*

안으로 파고드는 원초적 끈을 힘껏 밀쳐내며 빠르게 증발하는 이슬방울
—날 그만 놔 줘

* J.W.V.괴테의 『파우스트』.

제3부

辯

감당할 수 없는 질주를 끝내고 싶을 때
가속 페달을 밟는 자
브레이크를 밟는 자

시그널은 한 발 앞서 작동하지

준비된 원고를 달랑 읽고 돌아선 뒤통수에
변명이라 쓸까
해명이라 쓸까

폼페이는 폼페이
로마는 로마

블랙 코미디

산수유 붉은 열매 쪼아대던 박새는 예정된 시간 밖으로 날아오
르지

수은주 곤두박질치는 세종로 한복판, 시간을 멈춰 세운 사람들
내일 아침 갑충이 된대도 놀랄 게 없지
종소리가 울리면 눈을 감고 사람들은 또 어제를 잊지
봄이 되면 태양을 향해 얼굴을 치켜든 채 원색의 옷을 입고 활
보하지
그 이유로 살아가지

허용오차 언저리 불분명한 원형질들, 선명해지는 실루엣으로
슬쩍 끼어들지

순간 속에도 영원이 있지
영원보다 긴 순간을 살지
엇비슷한 표정이 무한 재생되지
간절한 것들 자꾸만 어긋나 영영 달아나버리지
껍질을 벗어던진 푸른 입자들 떠다니지

바람 없이 흔들리지

내 원형질 속 투명한 너, 네 원형질 속 투명한 너

횡단보도

선이 언제나 면을 의식하진 않아
선이 면의 배후가 되거나 면이 선의 배후라 해도
선과 면의 접점에서 생기는 공간은 다른 차원의 얘기지

몬드리안의 불면이 밤새
수직과 수평으로 충혈 되며 생성과 소멸을 넘나들고 있었지
북해도 칼데라에 해가 뜨고 해는 지고
까마귀 울음소리 명랑하게 불안한 꿈을 깨웠네

희망 때문에 거대한 절망에 갇힌 사람들 앞을 막아서는 선
분절된 점들이 회유처럼 몸을 떠는 원형질의 밤에도
삼각지 대구탕 집 탁자 위 술잔이 비워지고 있었네

수직으로 낙하하는 원색의 바다, 질식하는 수면
부정형 물체들이 한번쯤 욕망한 건 다각형구역이라네
고장 난 회로를 찾을 수 없는 점멸등 아래 서 있었네

이상기후에 대처하는 자세

지중해 해풍에 물오른 올리브가지를 내미네
2018년 첫날 안부를 물으며
전 지구적 이상기후라더니
북위 39도에서

올리브 冠이든 월계수 冠이든 믿어야 하네
불필요한 상상력의 포로는 싫으니
복잡한 장난감을 쥔 사내들
눈 덮인 자작나무 숲 축제에서

폭염은 폭염대로, 혹한은 혹한대로
지구 온난화는 갈수록 거세진다는데
대륙풍과 해양풍이 부딪는 땅에 올리브나무를 심어볼까?

거울 속의 시간

그때 새들은 태양을 가로질러 날아갔다
새벽 공기처럼 시린 땅을 찾아서
날갯죽지 그을린 해진 몸뚱이로 돌아온 저녁
휘어진 부리를 처박고 갈라진 목을 축였지
안개의 새벽과 울분의 저녁 사이
잘려진 날개, 날개들
거리에 광장에 지하도에 나뒹굴고
태양을 건너는 새의 무리 더는 보이지 않네

날개 잃은 새들 허공을 가르며 노래하던 날들 잊혀져가고
이제 영영 노을 속 붉은 사랑을 나누지 못하네
찰랑대는 잎사귀 초록 애벌레도 먹을 수 없어
썩은 고깃덩일 두고 다퉈야 했지
눈이 밝은 사람들과 귀가 큰 사람들
말라빠진 날개 넝마처럼 채이던 날 자취 없이 사라져
거리엔 검은 가면, 검은 옷을 입은 사람들 물기 없는 목소리로
썩은 고깃덩일 흔드네
날개 잃은 새들 종종걸음 치며 달려드네

새들은 날아오른다
지붕 위, 철탑 꼭대기, 폭염의 허공 속으로
몸통뿐인 체온으로 품은
붉은 실핏줄 얽혀가는 난생卵生의 날갯죽지
그게 내일이라고

사라지는, 사라지지 않는

아드레날린 폭발하는 혈관 속, 우울이 흘러간다

야만적 인류의 눈부신 자기복제
-신대륙을 발견한 콜럼버스가 되겠노라-
공원을 점거한 사내의 포효
'콜럼버스의 신대륙' 진부한 모노-톤
자지러지는 夢幻

떠도는 바람의 노래 기억의 섬모를 흔든다
열 마리 곰 용감한 목소리 아름다운 둥근 등
말하지 못하는 것이 없어서
듣지 못하는 것이 없어서
기다리는 흰 강물, 시간을 낳는 빛으로 물들어
숫된 목숨줄 이어가는 까닭이 있을 뿐

눈물 같은 민들레꽃 자꾸만 피어나는 봄날

사라진다는 거, 남겨진다는 거

끝내 갖지 못할 욕망의 絶對値
알몸으로 떠다니는 푸른 아드레날린

리트머스

택시는 강변북로로 들어서 강물의 방향으로 흐르기 시작했다
산란하는 가로등 불빛 가까스로 부릅뜬 눈이
셋을 세기도 전 암전되던 수술실 조명처럼 꺼지고

택시가 10,000킬로 쯤 맹그로브 숲으로 데려다주었다
강과 바다의 접점, 낮과 밤의 혼재 속
예정되지 않은 시간의 해후처럼 엉거주춤 서 있는 것들
여기까지 흘러온 이유가 무엇이었든
쓰디쓴 바닷물로 달디단 꽃술을 피우는 허기
바람이 불 때마다 제 몸을 날려
경계를 허물며 멀리, 더 멀리
휘어진 뿌리를 얽힌 채 뭍이 되어가고 있었다

햇빛이 은빛 섬광처럼 번득여 가물대는 동공을 흔드는 사이
  어린 날의 개울가 놓쳐버린 꽃신 한 짝 맹그로브 수로를 따라
떠내려오고 있었다

허물벗기

한 번도 사랑을 가져본 적 없는 아비뇽의 처녀들은 원근이 배
제된 구도를 박차고 사랑을 찾아 떠나갔다 그녀들은 더 이상, 가
면 속에 얼굴을 파묻거나 어색한 체위로 기다림을 연기하지 않
아도 좋을 육체가 되었다 입체와 평면이 뒤엉킨 피카소의 침실
에 남은 건 그녀들의 살 냄새 나뒹구는 껍데기 뿐

애벌레 한 마리, 앙상한 가지에 매달려 미진한 생을 채우려 몸
부림치지만 허공을 그어댈 뿐
　무성한 계절 다 지나도록 허물을 벗지 못한 미련을 탓하는 이
없대도 몇 번이나 모진 다짐이 있었을까
　몇 차례 눈이 나리고 꽃들이 피었다 시들어가는 걸 보았을까

저기 한 마리 애벌레, 영원을 갉아먹고 있다

* 파블로 피카소의 그림.

지지 않는 봄

기차는 떠도는 사람들을 알고 있지

플랫폼에 어둠처럼 기차가 당도하면
긴 겨울의 눈보라 속 헤매이면서
심장을 움켜잡고 견뎌온 눈빛들
하나 둘 기차에 올라
꽃잎을 토하며 가슴을 치는 동안
몇 번의 가을과 여름 지나가
그만큼의 봄이 지나는 동안 꽃들은 다시 피어나고

별을 꿈꾸던 사람들
별무리 흐드러진 벌판 가득 봄이더니
잃어버린 봄,
광풍 휘몰아쳐 사라져버린 별꽃들
돌아오지도 잊지도 못해
꽃잎 토하며 울던 사람들
그림자 야위어가고 한숨조차 말라버려

기차가 그 바닷가 지나던 날의 노을빛이 아픈 이유를 묻지 않
았지

군복 위에 얼룩진 꽃물 자국

우주를 유영하는 물고기
어여쁜 전생 눈 먼 유영을 기억하고 말아
헤매이는 너
울고 있는 너를 새긴다

서쪽 하늘가 연분홍 안개로 물들던 날
꿈의 이랑 넘고 넘어 온 너를
안는다
품에 안는다

미끈거리는 점막 깊숙이 금속성 타액을 삼켜
예리한 비늘 살갗으로 진물이 흘러내려
겹칠 수 없는 포물선
보기 좋게 기만하는 포물선의 뭉클한 감촉

뽀얀 왼쪽 가슴 지느러미 샤넬 귀고리 달랑거리며
묻는다
자꾸 묻는다

형광색 밑줄 긋기, 누구의 선택인 거냐고

편서풍

해가 진 후에도 사그라들지 않는 열기는 금방이라도 무슨 일이 날 것처럼 불쾌했다

사람들을 견딜 수 없이 만든 게 폭염만은 아니었을 거다

여름이 끝나지 않을 것만 같은 낭패감과

곧바로, 혹한으로 이어질지 모른다는 상상을 하며 불안해하는지도 몰랐다

하루하루가 멍에처럼 얹혀져 끌려가듯 지워졌다

더위는 쉽사리 물러날 기미를 보이지 않았다

오후 2시에 잠에서 깨어 로즈섬으로 가는 마지막 기차표를 예매하거나 북극행 비행기 좌석이 남았는지 다급히 묻기도 했다

떠나는 사람은 많아도 돌아오는 사람은 드물었다

사람들은 수척한 얼굴로 짐을 나르고, 처진 어깨를 부딪치며 건조하게 스쳐 지날 뿐

새벽이나 늦은 밤, 그물을 건져 올리려 물가로 나갔다

어느 도시에선 밀어닥친 태풍에 허둥대다 연인들이 사랑할 시간을 놓쳐버렸다

은행나무 열매는 너무 일찍 땅에 떨어지고, 모과는 덜 자란 채 익어갔다

떠난 사람들이 문득 안부를 물어오곤 했는데, 말끝을 흐리기 일 쑤였다
마른벌판을 건넌 바람이 올 듯 말 듯 와서, 갈 듯 말 듯 머물렀다
지독한 광기를 피해 맨몸으로 탈출한 사람들의 불운이 전해지 는 동안, 아무도 날씨를 묻지 않았다
혹한의 겨울이 온대도 침묵할, 무감각한 얼굴들이었다
떠날 곳이 있대도 없대도

半반한 나라

밑도 끝도 없이 몰려왔다 사라지는 안개처럼 사람들은 그 얘기를 믿기도 믿지 않기도 했다 설산 거대한 설인의 발자국이나 큰 바다 밑 빛을 잃은 보물선의 이야기라면 몰라도 시간과 기억 사이, 점점 얽매이면서 갈수록 흐릿해지는 애증이어서 半반한 나라에 떠도는 소문도 잦아들거나 믿을 수 없이 망측하게 변해갔다

왕의 얼굴을 보았다는 사람이 없었다 떠도는 소문으로는 예닐곱에 성장이 멈춘 난쟁이라거나 사랑 때문에 목소리를 잃은 인어공주라고도 했다 그런 왕이 신비롭기도 측은하기도 해서 아무도 캐묻지 않았다 사람들은 오수에 빠져드는 고양이 같은 하품을 하며 왕의 수족이라는 대신이 읽어주는 대국민담화문을 듣곤 했다

대지에 살얼음 풀리는 소리를 들으며 일터로 나갈 채비를 서두를 무렵, 이웃나라가 쳐들어올지 모르니 튼튼한 성벽을 쌓으라며 강제 동원령이 내려졌다 언젠가 소금을 구할 수 없어 발을 동동 구를 때, 소금을 싹쓸이 하는 무리가 왕의 먼 친척이라는 소문이 나돌기도 했다 온 나라의 돈이 그들의 곳간으로 흘러들

어간다는 믿지 못할 이야기는 숨죽인 불씨에 기름을 부었다 지친 얼굴로 아침을 맞이하는 눈빛들에 자주 한기가 서리고 달궈진 쇳덩이 내리치는 망치소리 힘을 잃어 갔다

온 나라가 떠들썩했다 속내를 알 수 없는 이웃나라 왕이 화해를 청하려 반반한 나라를 방문했다 왕은 대궐문을 활짝 열고 친히 이웃나라의 왕을 맞이했다 왕의 정체를 본 사람들은 아연실색했다 半반한 나라가 발칵 뒤집어졌다

순환하는 바다

조각나지 않은 덩어리
나선형으로 순환하며 子午線 저편 너와 나 잇닿던 바다
입체가 평면 속으로, 평면이 입체 속으로 뒤섞여
파랑, 노랑, 회색, 검정… 형형색색의 응시

예기치 않은 날의 솟구치는 불덩이, 얼어붙은 눈덩이로 번지는
걷잡을 수 없는 해빙
생성과 소멸 사이 격렬한 춤과 노래, 입 속의 혀는 기억상실이다
솟아오르는 심해, 가라앉는 산맥들이 소용돌이치며 나타나고
사라지는
생명을 잉태하는 긴 강줄기 밤마다 피리소리에 몸을 푼다
오래된 바람 먼 천둥소리에 섞이고, 뜨거운 숨 떠돌다 붉은
꽃나무에 비를 뿌리면
민들레 먼데로 날아가 화석이 되고
바오밥나무 오래도록 꿈꾸며 서 있다

조각난 덩어리에서
메두사에 놀라 전설이 된 바다를 태양이 건너는 동안

회오리바람 속 파랑새 날아오르고, 민들레 돌아와

바오밥나무 새하얀 꽃을 피운다

子午線을 사이에 둔 너와 나 잇대며 순환하는 바다

회색빛 단층

축제는 끝나고
이제 무엇이 남았는가
불안을 감추며 시들어가는 수수만 개 장미송이
죽음을 탐닉하는가

광대의 무롱 같은 몸짓으로 떠돌며 고승은 보았으리
무위로도 달래지 못할 깊디깊은 수렁
절벽에 매달린 뭇 생의 돌무덤들
모반의 말고삐로 쇠락을 등지며 장수는 알았으리
역류하는 물살에 한몸으로 뒤엉켜
종말과 시초가 내통하고 있는 줄
무엇으로 무엇을 덮을 수 있을까

절단된 채 어긋나며 고립으로 흐르는 단면

남해 보리암에서 보았다
절벽에 갇혀버린 고도
기다리던 사람들 화석이 되어가고 있는 걸

제4부

내재율

자오선이 정수리를 통과하는 동안
나무는 무릎을 꿇고 키를 낮추었네
눈을 감고 고개를 숙인 채
제 그림자 천천히 길어지는 줄 모르고, 오래도록

나무를 보네
언제부턴가 나무를 보았네
말라비틀어진 껍데기 들러붙은 몸뚱이 아무렇게나 서 있는 듯
보여도
아무렇게나 있지 않음을 알 것도 같았는데
어둠에 싸인 산등성이 앙상한 기다림, 기다림을 보았네
맴도는 시간을 따라 바보처럼 맴을 돌고 있었네

오래전 깊숙이 파고들던 사금파리
천천히 녹아드는 아린 밤을 앓았네
어쩌지 못해 우두커니 바라만 보고 있었네
붙박여 흐느끼는 나무였다네

광장에서

'판도'에서는 울지 말아요
은사시나무 가지마다 붙잡지 못한 시간의 옹이 박혔어요
보이는 것은 보이지 않는 것들의 상처라도
울지 말아요

판도에서는 잊지 말아요
추락하던 소행성의 잿빛 크레이터들
결빙의 심장을 포획한 빙하코어 속 얼음의 나이테
제 그림자 끌고 가는 몸짓이 구차한 변명일 때
원시의 은신처 거슬러 오르는 살기의 기억
지울 수 있을까

이끼습지를 지나 관목군락에 부는 바람의 遷移
한사코, 대각선으로만 산란하는 빛의 바깥쪽
목도한 적 없는 발원에 벌거숭이 불을 밝히며
오래, 아주 오래 서 있을까

판도에서는, 혼자라도 울지 말아요

* 미국 유타주에 있는 8만 살로 추정되는 사시나무 군락. 숲처럼 보이지만 4만 7천여 개의 가지가 하나의 뿌리에서 나왔다.

유적지가 있는 풍경

페트라
사막의 붉은 꽃
시크협곡이 유혹하던 이방의 도시

거기 욕망의 달이 떴을까

왕의 무덤으로 연결된 보물창고
-붕대를 동여맨 문지기 눈을 마주치지 마세요
-발밑을 조심해요, 날름거리는 뱀의 아가리 당신을 집어삼킬지
도 모르니까요
-시퍼렇게 녹슨 검과 장신구들 날아와 눈을 찌를 수도 있어요
-장미향에 잠을 깬 미라, 당신 이름을 불러도 돌아보지 말아요

횃불이 꺼지기 전, 돌문이 닫히기 전에 서둘러요

페트라
사막의 세이렌
붉은 사암에 일렁이던 태양의 잔물결

그림자를 갖지 못한 것들의 쓸쓸한 부식

비가 그치고
간이역 차단기가 내려지는 동안
페트라는 굴절된 화면 속으로 멀어져

타클라마칸

한 번 들어가면 다시는 나올 수 없는
화살표는 한쪽 방향을 가리켰네
붉은 사막을 걸어가네
길도, 길 아닌 길 없다고, 사람들은 태양을 머리에 이고
걷고 또 걸어가네

작은 나무는 암적색의 손톱만한 잎들을 매달고 하얗게 졸고 있네
나침반은 길을 잃고 헤매었다네
모래언덕을 오르다 신발이 벗겨진 채 길을 떠나거나
카리부란이 모자와 옷을 날려버려도 울지 않았다네
낙타가 흔적 없이 사라져버리던 날
위스키 빛 지평선이 타들어가도록 오아시스를 찾아 다녔네
발 아래 멀리 흐르는 에메랄드 강물 뒤척일 때면
하늘엔 별이 하나씩 돋아나고
풀들은 젖은 모래 깊숙이 마른 뿌리를 숨기고 있었지

태양을 머리에 이고 허청허청 걸어가는 그대
낙타가 돌아오고 비가 내려도

그 사막을 빠져나오지 못하리

오래된 강

화살은 등 뒤에서 날아오네
스틱스강에 몸을 씻겨 지켜주려던 뜨거운 약속
발뒤꿈치에 꽂히는 치명적 화살
한 발짝도 움직일 수 없이 잔인하게 붙박혀
위족으로 기어가는 아메바나
지느러미로 헤엄쳐 가는 물고기나 될 걸 그랬네

해질녘
지느러미 풀어헤친 강기슭은
낭자한 선홍빛 복사뼈로 물들어
그런 시간은 따뜻하거나 때론 너무 외로워서
깊은 심호흡 삼키지도 못한 채
강물은, 젖은 목울대 밀어올리며 밤새 뒤척이고 있었네

기어이 어둠을 빠져나오는 새벽 강
끊어진 발뒤꿈치, 깨어진 복사뼈라도
떠나기에 아직 늦지 않아서
돌아오기에 너무 이르지 않다고

강은 흔적을 지우며 흐르고 있었네

에덴의 동쪽

 가시철조망 울타리 안쪽은 과수원이었다 손을 뻗으면 닿을 만
큼 늘어진 가지에 아기 주먹만 한 풋사과를 매단 나무들이 줄지
어 있었다 비가 내려 사방이 고요하던 하굣길, 심장이 멎어버릴
듯 야릇한 충동을 좇아 열매를 막 떼는 순간, 누군가의 목소리를
들었다

 다음날 아침, 어슴푸레한 잠속으로 두런대는 말소리와 간간이
아버지의 헛웃음소리… 얼마나 지났을까 과수원집 아저씨는 집
으로 돌아갔다 지독한 수치심에 시달린 걸 제하곤 여느 날과 다름
없는 하루였다 초등학교에 입학하던 첫 여름이었다

 추수가 막바지에 이른 들판, 여기저기 목이 꺾일 듯 휘어진 수
수이삭에 바람이 스치고 있었다 아버지 자전거 뒤에 매달려 작
은 손으로 외투 허리께를 단단히 그러쥐었다 울퉁불퉁한 흙길을
달리는 바퀴에 돌맹이 차이는 소리를 들으며, 밖에서 돌아오는 옷
자락에서 싸한 바람 냄새가 나던 아버지 등에 살며시 기대었다

 그 무렵 해마다 아버지는 자전거 뒤에 나를 태우고 뚝방길을
곧장 달리면 나타나는 과수원으로 가, 가을볕에 빨갛게 익은 사

과를 커다란 봉지 가득 안겨 주셨다

늦은 밤 돌아오시던 아버지, 어둠 속 구토를 하던 골목 어디쯤
걸핏하면 체하던 어린 날의 내가 엎드려 토악질을 하곤 했다

선악과였다

목숨의 허물

돌덩이로 뱀의 숨통을 노리던 어린 날
축축하게 꿈틀대던 두 개의 눈알이 내 눈 속으로 건너왔다

눅눅한 바람이 분다
부서질 듯 움츠렸던 잎맥들 거친 숨을 몰아쉬고
세찬 빗줄기 틈 타 한 생을 꿈꾸는 음지의 포자들
 빈약한 물관과 체관이 나르는 끈적한 수액으로 잎사귀에 독을
채우는 습성은 본능이다
 호랑나비 애벌레, 잎맥을 잘라 독의 흐름을 끊으며 먹는다
 제 몸에 조금씩 독을 쌓으며 기다리는 것이 있었다
 어린잎만 골라 먹는 코주부원숭이는 같은 나무의 잎으로 배를
채우진 않는다

 삶과 죽음이 낮과 밤처럼 따라 다녔다

 햇살의 민무늬 속, 게슴츠레 물안개 떠다니는 아침
 배고픈 무당거미 망을 보고 있다
 羽化를 마친 호랑나비의 날갯짓, 여기가 종착점이었을까

호랑나비에 입을 박은 무당거미 시퍼렇게 질린다

몬순의 우기였다

화요일의 수족관

솜사탕 같은 하늘을 마셔요
달뜬 바다가 하늘로 쏟아져 내려요

충혈된 눈동자로 웃었죠
짙은 안경 너머의 시선을 느껴요
해안선을 따라 난 길을 걷다가
안구건조증이 사라진 방향을 가리켰죠

그녀의 비키니가 푸르스름하게 바래요
오래된 얘기니까요
젖은 머리카락 수초처럼 날리며
찔레꽃 문 입술이 산화되고 있었죠

무릎과 무릎 사이로 상어 떼 헤엄을 쳐요
병 속의 새처럼 난해할 뿐인 걸요

나그네쥐

꼬리를 문 채 무리 지어 이동하다 절벽에 닿아
일제히 바다로 몸을 던지는 습성이
본능이거나 선택이거나
도무지 알 수 없는 행로를 물었네
대답하지 않네

볕 바른 야산 귀퉁이
아린 풋 매실 나무 밑둥 헤집고
나그네쥐 꼬리처럼 가늘게 뻗은 뿌리들 사이
잠든 낮달을 가만히 묻네

기억의 되새김 헛도는 햇무리 속
그림자 물고 오던 사람 문득
뒤돌아보네

에피파니epiphany를 찾는 주체의 주름들

고 광 식 (시인, 문학평론가)

에피파니epiphany를 찾는 주체의 주름들

고광식

> 무덤이 빙산의 일각이란다.
> 거대한 무덤이란다, 지구가.
> 무덤 위에 무덤이, 무덤 위에 무덤이
> 쌓이고 쌓여,
> 단단해졌단다. 동글동글해졌단다.
> 초록 풀이 입혀졌단다.
> ―「초록무덤」, 박찬일

프롤로그

깨달음의 순간, 통찰의 순간, 그 순간들은 주름을 접었다가 펼치는 찰나에 주체의 가슴으로 출현한다. 그러므로 지구가 거대한 무덤이라는 인식은 에피파니의 출현이다. 박찬일처럼 견자의 눈으로 지구를 보면, 비밀이 꿰뚫어져 투명하게 드러난다. 양해연도 그 길을 가고 있다.

1. 꽃피는 속도와 매달린 꿈들

꽃들은 자유의 유전자를 갖고 피어난다. 가쁜 숨을 몰아쉬며 부풀어 오르는 자유를 땅속에서 꺼낸다. 아우성치며 잇몸을 드러낸다. 허공에 흘러가던 구름이 꽃의 의지대로 새로운 길을 잡는다. 저녁을 이고 가는 새 떼가 자유롭게 구름을 찢으며 난다. 꽃송이 아래로 매달린 꿈들이 숨 가쁘게 허공으로 솟아오른다. 세상의 모든 꽃은 더불어 살기 위해 계절을 달리하여 피어난다. 이 또한 생의지가 반영된 행위이다. 따라서 아우성치며 피어나는 꽃을 보는 순간, 주체는 에피파니를 찾은 것이다.

  양해연의 시는 세계에 은폐된 불가해성의 진리를 찾는 가장 치열한 사유의 과정에서 탄생한다. 시적 주체는 "낯선 이정표 아래 오지 않는 버스를 기다려본 사람은 알고 있지/ 떠나온 거리와 돌아갈 거리가 같지 않다는 것을"(「달의 오디세이」)처럼 읽을 수 없는 희망 아래 놓인 현실을 직시한다. 거리를 관통한 시간은 이정표와 함께 구겨져 버렸다. 낯선 거리는 희망과 절망을 제물로 요구한다. 시적 주체는 물에 잠겨 떨고 있는 나무가 되어 시간을 붙잡는다. 낯선 이정표 속에 희망은 얼룩질 것이다. 이정표에는 주체의 감정이 투영돼 불안을 재현한다. 시각과 지각에 의한 확실성을 담보하는 버스는 오지 않고 감각 밖의 세계가 지금 이곳의 삶을 일그러뜨린다. 그러니 낯선 이정표란 불확실성으로 현재를 압도하는 대상인 것이다. 이정표를 바라보는 눈동자 속으로 불가해한 구름이 흘러간다. 이처럼 양해연 시인은 현대인의 실존을 낯선 거리에 던져진 존재로 보고 있다.

또 다른 시에서 양해연 시인은 좀 더 세밀한 견자의 눈으로 무지의 공간에서 찾아낸 진실과 대면한다. 시적 화자는 견자의 눈으로 "큰 하나가 큰 하나를 만나 더 큰 하나가 되고/ 더 큰 하나 너머로 끝없이 팽창하는 0과 1 사이/ 돌고 도는 시지프스의 굽은 등"(「0과 1 사이」)을 본다. 원형극장 같은 이 세계에 발을 딛고 있는 삶의 주체는 늘 시지프스처럼 등이 굽어 있다. 0과 1 사이는 없음과 있음의 사이이며 무의미와 의미의 사이로 읽힌다. 또한, 그것은 바위를 산꼭대기로 밀어 올리는 형벌처럼 무의미하기도 하다. 하지만 인간은 끝없이 반복되는 노동에서 의미를 찾는 존재이다. 산꼭대기에서 바위가 자체의 힘을 견디지 못하고 산 아래로 굴러떨어졌을 때, 다시 바위를 올리려 내려오면서 시지프스는 무의미를 의미로 바꾸는 데 성공한다. 신은 끊임없이 반복되는 무의미 0을 인간에게 던져주었지만, 인간은 0을 1로 만들기 위한 영원한 도전을 시작한다. 그러므로 시지프스의 굽은 등은 위대하다.

양해연의 시는 꽃 피는 속도를 감지하는 뛰어난 감각과 그곳에 매달린 인간의 꿈을 읽어내는 특별한 촉수로 작용한다. 시적 화자가 바라보는 곳에 진리의 터널이 있고 우리는 그곳을 통과하는 중이다. 가시거리가 짧은 우리의 시각으로는 끝없는 무지의 영역을 확인할 뿐이지만, 견자의 손가락 끝으로 그것은 밀려난다. 코스모스의 영역으로 바뀌는 외연의 확장은 양해연 식 세계에 대한 치열한 질문 끝에 오는 결과이다.

허공에 점 하나

알리바이가 살아 움직이는 거미줄

방사형 햇살의 촘촘한 살 사이사이로 낡이고

밥알이 말라붙어 있다 비행기표가 나풀거리고

커피잔이 귀고리처럼 달랑거리고

책속의 활자들이 반짝 튕겨나가고 어젯밤 꿈이 매달려 있다

맥주가 쉬지 않고 쏟아져 내린다

방사형으로 뻗은 도로를 따라 낯선 사람들이 흘러가듯 뒤섞인다

가끔씩 정지시켜 확대 해석한다

모두가 용의선상에 있는

허공은 점 하나다

산형화서로 피어나는 에둘러가는 생이다

그 점에 닿으려 몸부림치는 꽃송이다

　　　　　　　　　　　　　　　―「산형화서」 전문

플라톤이 모든 존재의 인식 근거가 되는 것을 이데아로 명명했
듯이 양해연은 시적 존재의 인식 근거로 "허공에 점 하나"를 설
정해놓는다. 그것은 시적 발화 지점이 되어 "알리바이가 살아
움직이는 거미줄"로 시적 지향점을 만든다. 다시 그것은 "책속
의 활자들이 반짝 튕겨나가고 어젯밤 꿈이 매달려 있다"고 인
식을 확장한다. 견자의 눈으로 통찰되는 사물의 완전한 장악이
사물과 인식의 상호관계로 발전한다. 이렇듯 통찰로 다가가는

세계는 사물의 인식 세계를 초월하는 진리로 존재한다. 산형화서로 피어나는 꽃들이 그렇듯 우리도 "에둘러가는 생"일 수밖에 없다. 플라톤의 이데아처럼 허공은 점 하나로 특징지어지고, 우리는 "그 점에 닿으려 몸부림치는 꽃송이"에 불과하다. 그러므로 궁극적인 본질 앞에 인간 또한 산형화서로 피어나는 존재가 된다.

꽃들은 생의지에 의해 서로 약속하고 계절을 달리하여 피어나 이 땅에 합목적성을 이룬다. 그것은 세계에 존재하는 모든 존재자는 서로 상관관계를 맺고 있다는 인식의 발현이다. 우리 또한 합목적성을 갖고 세상에 태어나 생존한다. 하지만, 견자의 눈을 갖지 않으면 세계는 무지의 영역이다. 그렇게 되면 우리는 세계에 은폐된 존재로 남아 하릴없이 생을 휘발시키고 만다. 양해연의 시는 바로 이 지점에서 시작한다. 이데아를 의식하듯 세계에 매달린 꿈을 본다. 견자의 시각으로 끊임없이 답을 찾는다.

2 상처를 핥는 주체의 고백

양해연 시에서 시적 화자의 시각은 세계를 응시하는 관찰로부터 드러난다. 시인은 예민한 감각적 촉수로 모든 사물과 관련하여 통찰된 것을 진술한다. 이를테면 외재적 관점으로부터 내재적 관점을 끌어낸다. 세계는 외부 관찰자 시점으로 보면 이해되지 않는 것들이 너무 많다. 하지만, 내부 관찰자 시점으로 보면 인과의 관계로 맺어진 현상을 깨닫게 된다. 이와 같은 견자적 시각으로 쉬지 않고 움직이는 모든 상처를 본다. 존재자는 살기 위해 기후에 순화하고 때로는 돌연변이로 존재를 진화시킨다. 세계는 우리의 시각을 허용하지 않는 것처럼 보이지만, 우리가 적극적 사유를 할 때 공간은 허용된다. 살기 위한 상호의존관계는 때로 이기적 욕구로 이용되기도 한다. 이기적 욕구와 이타적 욕구로 존재자의 행로는 극한의 삶을 통과하는 과정을 밟는다. 태어나서 자라나고 소멸하는 행로는 뜨거움 그 자체이다. 따라서 견딜 수 없는 열로 인해 우리는 상처를 핥으며 현재를 견딘다.

진리는 불변인 거지

빠는 거 말야

46억 년 지구 연대기 머리 좋다는영장류들은하나같이 빨면서 살아가잖아

젖과 꿀을 빨고

짜디짠 눈물을 빨고

오지 않은 내일의 희망을 빨면서 말야

칠성장어 입으로부터 도망치지 못한

—「種의 선택2」 부분

생의 서사가 죽음의 서사로 이어지는 동안

육체는 굴절된 시간이 반사하는 기억의 연결통로가 된다

오래된 생채기 무뎌진 시간들이 거친 질감의 표면에 부딪쳐

번번이 예상을 비껴가는 기억의 난반사

생의 뒷골목 같은 자정의 전동차

빵을 씹어 뱉기를 쉼 없이 반복하는 여자를 바라보다

왈칵, 솟구친 토사물

본능이 생존과 뒤섞여 널브러진 처참한 배설의 敵意

당신의 시간이 내 시간보다 처참하였다 抗辯할 수 없음을

—「기억의 저편」부분

시적 화자는 진리는 절대적이라고 진술한다. 상대적으로 환경과 조건에 의해 변하는 것은 진리가 아니라는 것이다. 흔들림 없이 시적 화자에게 "진리는 불변인 거지"처럼 절대적이다. 이처럼 지각된 것을 "빠는 거 말야"로 결론짓는 명쾌함은 정신 작용에 의한 것이다. 모든 생명체는 빨기 도식을 가지고 세상에 등장한다. 만약 이 능력이 없이 태어나면, 세상 밖으로 던져져 사라질 수밖에 없다. 바로 이러한 진리를 시적 화자는 "46억 년 지구 연대기 머리 좋다는 영장류들은 하나같이 빨면서 살아가잖아"라고 진술한다. 세계의 비의가 드러나는 순간은 이곳과 저곳을 하나로 묶으며 뜨겁게 드러난다. 빨기 도식은 스스로 이 땅에 발을 딛게 하는 에너지로 작용한다. 세계에 독립적으로 존재하기 위하여 그 어떤 능력보다 빠는 능력은 우선된다. 그것은 모든 존재의 저변에 깔린 본능이다. 이러한 살고자 하는 열망은 "오지 않은 내일의 희망을 빨면서 말야"처럼 일상을 타개하는 주름으로 작용한다.

합목적성 뒤에 오는 죽음 앞에 시적 화자의 의식은 비장미를 더해 간다. 자연적 순리를 "생의 서사가 죽음의 서사로 이어지는 동안"으로 드러내는 인식에 비감이 묻어난다. 삶의 완성이 죽음이라고 스스로 위로해보지만, "번번이 예상을 비껴가는 기억의 난반사" 때문에 주름을 만드는 과정이 고통스럽다. 주름은 기억을 통해서 삶과 조응하지만, 오래된 상처는 유령처럼 떠돌며 푼크툼하게 난반사 된다. 짐작건대 그 어떤 구원도 구할 수 없기에 주름은 진정성을 갖는다. 따라서 삶의 과정에서 필연적으로 만들어지는 "처참한 배설의 敵意"는 표상 자체가 한없이 위태로워진다. 아물지 않는 상처를 동반한 의식 속에서 "당신의 시간이 내 시간보다 처참하였다 抗辯할 수 없음을" 진술하여 의식의 지향점을 분명히 한다. 이와 같은 시적 화자의 의식은 본질적 상처를 드러내며, 동시에 강박적 상태를 극복하는 기제로 작용한다.

　동글동글하고 매끈매끈하고 윤기마저 흐르는 것들은 하나같이 도도하거나 단단하거나 차갑기 일쑤여서 보호막을 두르고 있을 것 같았는데 근접한 거리에서 유심히 보았을 때 그들은 떨고 있었다

　<중략>

　안으로 파고드는 원초적 끈을 힘껏 밀쳐내며 빠르게 증발하는 이슬방울

─날 그만 놔 줘

─「표면장력」 부분

세상의 존재자들은 독립적으로 존재하지 않는다. 지금 이곳 밖은 독립이 아니라 고립을 뜻하기 때문이다. 이곳 밖의 세계를 동경하고 모험을 가하는 순간에 모든 것은 존재 방식에 큰 문제가 된다. 그렇기 때문에 독립의 관념을 버리고 서로의 존재에 의지하려는 경향을 보인다. 서로 뭉치려는 힘은 주름을 만들고 그 주름에 의해 우리는 상처를 받는다. 시적 화자는 고립이 두려워 타자에 의지하지만 "근접한 거리에서 유심히 보았을 때 그들은 떨고 있었다"고 진술하여 우리의 주름을 확인한다. 바실리스크 도마뱀이 물 위를 뛰어다니는 것처럼 우리는 타자와 연대 위에 뛰어다니고자 하는 욕망이 강하다. 타자의 욕망을 읽고 타자가 지향하는 것을 내 욕망으로 만드는 타자화된 욕망은 삶의 전반에 걸쳐 내면적 주름을 만들어 '나'를 상실하게 만든다. 아, 우리는 떨고 있다. 이제 '나'는 서로 끌어당겨 포옹하고 있는 관계가 오히려 두려워 "─ 날 그만 놔 줘"라고 소리친다.

양해연의 시들은 타자와 맺어지는 세계를 환기하며, 타자가 만드는 주름들에 주체를 구축하고자 하는 진술이다. 자아를 무너뜨리며 주름을 만드는 과정을 견자의 눈으로 바라본다. 그곳엔 세계에 대해 맞섬이 아니라 무한한 애정이 숨 쉬고 있다. 이렇게 불안하고 따뜻한 감정은 주체와 타자 모두에게 주름을 보여주지만, 그것은 치유의 과정으로 읽힌다. 그러므로 상처를 핥는 주체의 고백은 아름다운 코나투스이다.

3. 결핍을 거슬러 오르는 속도

양해연의 시는 타자를 만나 만들어지는 주름에 의미를 부여하는 성향이 강하다. 이는 세계에 파편화되어 자기 보존의 열망으로 고립된 주름이기 때문에 자아는 자위의 수단을 찾게 된다. 따라서 시적 화자의 지향점은 결핍을 거슬러 오르는 속도로 구체적 실상을 드러낸다. 이는 무엇보다 그의 인식이 타인을 만나면서 생성되는 상처에 대한 방어기제로 작용하기 때문이다. 거슬러 오르기 위해 세상의 주체들은 자신을 강화해나간다. 자신이 딛고 선 위치와 상관없이 우리는 감성적인 파토스로 세계에 비장미를 깃들게도 하고, 때로는 이성적인 로고스로 세계를 성찰하기도 한다. 시인은 이렇듯 다양한 심리적 메커니즘의 활동으로 결핍을 거슬러 오른다. 시인의 시적 의식을 지배하는 결핍을 찾아내는 인식은 치유적 효과를 얻기 위한 정립의 성격을 갖는다.

애벌레 한 마리, 앙상한 가지에 매달려 미진한 생을 채우려 몸
부림치지만 허공을 그어댈 뿐
무성한 계절 다 지나도록 허물을 벗지 못한 미련을 탓하는 이
없대도 몇 번이나 모진 다짐이 있었을까
몇 차례 눈이 나리고 꽃들이 피었다 시들어가는 걸 보았을까

저기 한 마리 애벌레, 영원을 갉아먹고 있다

—「허물벗기」 부분

위 시에서 애벌레는 세계 속의 '나'이다. 애벌레가 더 크게 자라기 위해 껍질을 벗어야 하듯이 '나'도 더 크게 자라기 위해 '현재'라는 껍질을 벗어야 한다. 애벌레가 알껍질 밖으로 나와 알껍질을 갉아 먹듯이 '나'도 자신의 유전자를 세상에 던진 부모를 갉아 먹는다. 그래서 애벌레는 천적으로부터 자신을 보호한다. 나 또한 그렇다. 내가 태어난 곳의 환경이 나를 단단하게도 하고 연약하게도 한다. 이렇듯 자연적인 불평등으로부터 모든 생명체는 자신의 삶을 시작한다. 허물을 벗고 자라기 위해 "앙상한 가지에 매달려 미진한 생을 채우려 몸부림치지만" 자유롭게 움직이기는 아직 이르다. '나'를 둘러싼 환경은 홉스가 말한 '자연상태'로 언제나 나는 위협받는다. 이곳은 너무 쉽게 목숨을 잃을 수 있는 공간이다. 그렇기 때문에 "저기 한 마리 애벌레, 영원을 갉아먹고 있다"고 비웃으면 안 된다. 애벌레는 바로 '나'이기 때문이다. 애벌레가 짙은 초록색으로 보호색을 띨 때, 나 또한 세상으로부터 나를 보호할 방패를 준비해야 한다. 이렇듯 시적 화자는 「허물벗기」에서 극심한 성장통을 발견한다.

'판도'에서는 울지 말아요
은사시나무 가지마다 붙잡지 못한 시간의 옹이 박혔어요

보이는 것은 보이지 않는 것들의 상처라도

울지 말아요

<중략>

이끼습지를 지나 관목군락에 부는 바람의 遷移

한사코, 대각선으로만 산란하는 빛의 바깥쪽

목도한 적 없는 발원에 벌거숭이 불을 밝히며

오래, 아주 오래 서 있을까

판도에서는, 혼자라도 울지 말아요

—「광장에서」 부분

길은 길로 연결되어 있듯이 나무는 나무로 연결되어 있다. 직
선으로 뻗은 수만 그루의 나무가 하나의 뿌리에서 자랐다. 8
만 살로 추정되는 나무를 보며 8만 년의 생의지를 가늠해본다.
판도의 저 사시나무도 8만 년의 세월을 지나는 동안 수많은 상
처를 접었다가 펼쳤을 것이다. 상처가 깊을 때는 하늘의 구름을
휘저어 천둥과 번개를 만들었을 것이다. 시적 화자는 8만 년의
주름을 보며 "'판도'에서는 울지 말아요"라고 우리에게 간곡하
게 부탁한다. 화자의 부탁처럼 우리의 상처가 너무 깊어 감각이
마비될지라도 울지 말아야 한다. 그래야 한다. 저 사시나무 앞
에선 절망으로 일그러진 표정을 펴야 한다. 긴 세월을 관통하며

생로병사가 한 뿌리를 붙들고 있다. 그러므로 "판도에서는, 혼자라도 울지 말아"야 한다. 오랜 세월 길이 막힌 아포리아의 창공에 아이온의 깃발을 세운 사시나무 숲에선 우리 모두 추락하는 표정을 지워야 한다. 판도의 사시나무를 통해서 '나'를 성찰할 때, 비로소 우리에게 허락된 공간에 피어나는 아름다운 꽃들을 볼 수 있다.

> 새들은 날아오른다
> 지붕 위, 철탑 꼭대기, 폭염의 허공 속으로
> 몸통뿐인 체온으로 품은
> 붉은 실핏줄 얽혀가는 난생卵生의 날갯죽지
> 그게 내일이라고
>
> —「거울 속의 시간」 부분

화자는 거울 속의 시간을 떠올리며 과거의 상처를 바라본다. 거울은 그 특수성으로 인해 우리 시대의 욕망을 반영한다. 세계와 삶에 대한 무한한 애정으로 눈부신 날개를 펴고 비상하려던 사람은 안다. 진정한 주체로서 꿈을 갈망한다는 것이 거울 속의 욕망이었다는 것을 알기에 날개에 무리를 가하지 않는다. 그런데도 희망을 좇던 날개는 햇빛에 녹고 바람에 꺾인다. 이곳에 존재하는 광장에는 그렇게 잘리고 부서진 날개들이 언제나 널려있다. 세상의 삶이 한꺼번에 무너지고 버려지는 일은 이곳 삶의 일상으로 존재한다. 시적 화자는 좀 더 높은 이상을 향하여

"새들은 날아오른다"고 진술하지만, 그 순간 날개는 꺾이고 상처는 주름으로 남아 우울한 날들을 견딘다. 지순한 사랑 한번 해보지 못한 "폭염의 허공 속으로" 새들이 날아오른다. 화자는 "그게 내일이라고" 소리치며 거울 속의 시간을 확인한다.

양해연의 시는 결핍을 거슬러 오르는 속도를 섬세하게 보여준다. 시적 화자가 안고 있는 삶의 무게 때문에 자아의 마음을 상실하지 않는다. 오히려 뚜렷한 감각 여건을 만들어 주름을 펼쳐 보인다. 이를테면 주름 속에 응어리진 상처를 치유하는 기제로 거울 속의 시간을 끌어안는 것이다. 폐쇄와 고립을 뚫고 결핍은 태양 가까이에서 녹아내린다. 밝게 내리쬐는 햇볕 때문에 어두운 그림자들이 길을 잃는다.

4. 마주치는 진실의 순간

세계에 출연한 존재자가 마주치는 것은 통로가 없는 아포리아이다. 사람의 행복은 결정되어 있지 않다. 행복이 결정되어 있고 보장된 땅이 있다면 우리는 그곳으로 가면 된다. 하지만 많은 몽상가에 의해서 그런 땅을 설정만 해놓았지 그곳에 도달한 사람은 아무도 없다. 때로는 이념이, 때로는 경제가, 때로는 예술로 그곳으로 가는 길을 열 수 있다고 말하지만, 그 어떤 사상가나 기업 그리고 예술가가 그곳에 도착하여 행복하다고 외친 사람은 아직 없다. 다양한 '설'을 가지고 지도를 그리는 그들도 단단한 아포리아 앞에 길을 잃기는 평범한 우리와 마찬가지이다. 우리가 모두 추구하는 행복은 사람들에게 무거운 짐으로 작용한다. 우리가 마주친 현실 앞에 삶의 주체들은 니힐리즘의 표정을 지을 수밖에 없다. 행복하기 위해 길을 나섰던 주체는 행복으로 환원 불가능한 다양한 상처를 만나 고립되는 결과를 맞는다.

> 생의 나날은 퇴로가 막힌 미로에서 꿈꾸는 음모
> 은밀한 거래로 출구를 찾는다
> 무뎌진 후각 가뿐히 따돌리는 환각
> 방심한 CCTV 한눈을 팔고
> 잘생긴 경주마 도로를 질주한다
> 오후가 잠시 직무유기 한데도 달라질 건 없다
> 라일락, 세상 숱한 사랑처럼 피어날 거고
> 한여름 소낙비 예고 없이 퍼부을 테니
> 어느 날 날아드는 訃音마저도
>
> —「千一夜話 - 생을 위한 변주곡」 부분

언젠가 넌, 비대해진 뇌로 불행을 잊으려 몸부림 친 사람들이 밤새워 써내려간, 광막한 시간에 관한 그럴듯한 가설에 설득당한 채로 믿어달라고, 믿어달라고

난 그저 고개를 끄덕였다

그날의 넌 빛이거나 소리, 소철나무 잎사귀나 사과 한 알, 구름 또는 바람, 햇빛 속을 유영하는 신기루 같았고

한순간 네 모든 것이 내 속눈썹 한 올로 스며드는 걸 본다

―「化 ; 되다」 부분

세계 안에 갇힌 자아를 발견하는 것은 해결하기 어려운 문제에 부딪혔을 때이므로 어렵지 않다. 단적으로 그것은 해결하기 어려운 아포리아이다. 세계와 교감하고 싶은데 소통이 되지 않을 때, 우리는 굳건하게 닫힌 문 앞에 서게 된다. 소통이 막힌 것은 너무 많은 매듭이므로 쉽게 풀리지 않는다. 왜냐하면, 이념, 제도, 문화 전반에 대한 통찰과 발견이 있어야 가능하기 때문이다. 길을 막는 것과 길을 여는 것 사이에서 우리는 자신의 허약성을 발견한다. 이러한 아포리아의 문을 열기 위해 우리는 "생의 나날은 퇴로가 막힌 미로에서 꿈꾸는 음모"를 모의하는 존재로 삶의 주인이 된다. "잘생긴 경주마 도로를 질주"하는 것처럼 차안대를 쓰고 익명화된 유령의 도시를 통과하려 노력한다. 이처럼 생의 나날은 생로병사의 징검다리를 건너는 결절점이다. 따라서 우리는 삶의 완성이 죽음이라면 그것까지도 대자 존재의 의식으로 바라보아야 한다.

우리의 뇌가 비대해졌다는 것은 세계로부터 받은 상처가 넓고 깊다는 것이다. 타자로 인한 상처가 넓을수록 뇌의 크기는 커지고, 상처를 보관할 기억의 용량도 커진다. 그리고 뇌의 골마다 주름이 잡혀 우리를 아포리아에 빠뜨린다. 이 어려운 문제를 해결하기 위해 "비대해진 뇌로 불행을 잊으려 몸부림 친 사람들이 밤새워 써내려간" 서로 화합하지 못한 불화의 세계를

읽는다. 우리 모두 화석학적 측면에서 보면 평등하게 화석화되어 가는 존재이다. 물론 아주 긴 세월을 필요로 하는 문제이기는 하지만, 상처로 만들어진 주름들도 화석화 과정을 밟을 것이다. 시적 화자는 긴 시간에 설득당한 채 "난 그저 고개를 끄덕였다"고 고백하여 아이온의 세계에서 존재 자체를 메타인지한다. 그렇기에 화자는 "한순간 네 모든 것이 내 속눈썹 한 올로 스며드는 걸 본다"고 대자적 존재로 진술한다.

한 번 들어가면 다시는 나올 수 없는
화살표는 한쪽 방향을 가리켰네
붉은 사막을 걸어가네
길도, 길 아닌 길 없다고, 사람들은 태양을 머리에 이고
걷고 또 걸어가네

작은 나무는 암적색의 손톱만한 잎들을 매달고 하얗게 졸고 있네
나침반은 길을 잃고 헤매었다네
모래언덕을 오르다 신발이 벗겨진 채 길을 떠나거나
카리부란이 모자와 옷을 날려버려도 울지 않았다네
낙타가 흔적 없이 사라져버리던 날
위스키 빛 지평선이 타들어가도록 오아시스를 찾아 다녔네
발 아래 멀리 흐르는 에메랄드 강물 뒤척일 때면
하늘엔 별이 하나씩 돋아나고

풀들은 젖은 모래 깊숙이 마른 뿌리를 숨기고 있었지

태양을 머리에 이고 허청허청 걸어가는 그대
낙타가 돌아오고 비가 내려도
그 사막을 빠져나오지 못하리

—「타클라마칸」 전문

세상에 태어나 살아간다는 것은 "한 번 들어가면 다시는 나올
수 없는" 사막에 들어간 것과 같다. '타클라마칸'이란 위구르어
로 '돌아올 수 없다'는 뜻이기 때문에 우리가 어떤 '생'으로 태
어나든지 간에 돌아올 수 없으므로 동일한 의미가 있다. 타클
라마칸을 죽음의 사막이라고 부르듯 우리의 삶도 죽어야 완성
된다. 살아있는 한 우리는 끝이 없는 넓은 지역인 생의 '마칸'을
떠돌아야 한다. 우리는 사구가 바람에 밀려 이동하는 것처럼 기
후에 순화하며 이동해야 한다. 시간과 공간을 이동하며 사는 유
비쿼터스 시대의 현대인은 사막에 던져진 존재이다. 광활하고
붉은 사막에서 눈이 내리면 눈에 묻히고, 태양이 작열하면 그
뜨거움을 견뎌야 한다. 우리는 반복되는 강박에 사로잡혀 "걷
고 또 걸어" 억압이라는 현실에 눈뜨는 존재이다. 살아갈 수
없다는 위기 때문에 "낙타가 흔적 없이 사라져버리던 날"에도
창공에 빛나는 별을 바라보아야 한다. 이렇듯 삶의 주체는 충만
한 자기애를 가지고 있다. 그러므로 시적 화자는 마주치는 진실
의 순간을 타클라마칸에서 비유적으로 보여준다.

에필로그

양해연의 시는 에피파니를 찾는 주체의 주름들에 대한 기록이다. 이 기록에는 "무덤이 빙산의 일각"이라는 박찬일의 발견처럼 존재자들에 대한 연민이 가득하다. 우리의 머릿속에 저장된 삶에 초록 풀이 입혀지고 있다. 양해연의 감성적 촉수가 가 닿는 곳, 초록 풀이 피고 초록 풀이 나부낀다. 누구도 벗어날 수 없는 거대한 무덤인 지구에서 애틋하게.